# 桐壺

# 目次

凡例
1 桐壺の更衣、帝の寵遇を受ける 1
2 若宮（光源氏）の誕生 2
3 桐壺の更衣の不安な未来 2
4 いじめられる桐壺の更衣 3
5 若宮の袴着 4
6 桐壺の更衣、重態・退出 4
7 更衣、帝に別れを告げて退出・死去 5
8 若宮、更衣の里邸に退出 7
9 更衣の葬送・贈三位 7
10 帝の寂寥、はかなく月日は過ぎる 8
11 勅使靫負の命婦の弔問 9
12 老いの身の嘆き 11
13 老母、娘の見果てぬ夢を語る 12
14 命婦、帝の悲しみを伝える 13
15 命婦、母君と別れの贈答 14
16 命婦、帰参 15
17 更衣と楊貴妃 16
18 涙にくれる桐壺帝 17
19 若宮参内 19
20 若宮の祖母北の方、死去 20
21 若宮書始め、美貌と才能を誇る 20
22 高麗の相人 21
23 先帝の四の宮入内、藤壺に居住 23
24 源氏・藤壺の宮を慕う 24
25 源氏の成人式 26
26 源氏、左大臣娘葵の上との婚儀成る 27
27 源氏、葵の上と結婚 29
28 左大臣家の繁栄 29
29 源氏、藤壺の宮を思慕する 29
系図 32

# 凡例

一、底本は『湖月抄』（延宝三年〈一六七五〉刊）本である。
一、適宜漢字・仮名の置き換えを行ない、振り仮名を付けた。
一、会話・和歌等は改行・二字下げとし、また会話符号・句読点等を付けた。
一、「ん」「らん」などの「ん」は、その意味にしたがって、それぞれ「む」「らむ」として表わした。
一、読解の便宜のため、章段を設け、前後に間隔一行をとった。
一、校訂には、池田亀鑑編著『源氏物語大成』校異篇六冊（昭和五十九年十月～同六十年三月普及版刊）の底本本文（青表紙本＝定家本・大島本・池田本）を用いた。
一、参考とした主要文献は以下の通りである。ご学恩に深謝したい。
吉沢義則著『対校源氏物語新釈』六冊（昭和十四年六月～同十五年八月刊・平凡社）
池田亀鑑校注『源氏物語（日本古典全書）』七冊（昭和二十一年十一月～同三十年十月刊・朝日新聞社）
岡一男著『源氏物語の基礎的研究』（昭和二十九年十一月刊・東京堂）
山岸徳平校注『源氏物語（日本古典文学大系）』五冊（昭和三十三年一月～三十八年四月刊・岩波書店）
五十嵐力著『昭和完訳源氏物語』（昭和三十四年十二月刊・五十嵐力博士「昭和完訳源氏物語」刊行賛助会）
岡一男著『評釈源氏物語―解釈と文法―』（昭和三十六年九月刊・旺文社）
玉上琢弥著『源氏物語評釈』十二冊・別巻二冊（昭和三十六年五月～同四十四年八月刊・角川書店）
阿部秋生・秋山虔・今井源衛・鈴木日出男校注・訳『源氏物語（新編日本古典文学全集）』六冊（一九九四年三月～九八年四月刊・小学館）

1 **桐壺の更衣、帝の寵遇を受ける**

一　どの帝の御代であったか。漠然とさせているが、醍醐・村上朝（八九七—九六七）が本物語の時代設定である。
二　女御（皇后につぐ天皇の夫人）や更衣（女御につぐ）たちが数多く。
三　それほど高貴な身分ではなくて、際立って帝のご寵愛を専らにされる方。
四　目ざわりな者として。
五　同じ身分、又はそれより地位の低い更衣たちは、なおさら心穏かでない。
六　恨みを負い負いした結果であろうか。
七　病身になって行き。
八　限りなくいとしい者に。
九　色に迷った国王の例《ためし》にも。
一〇　公卿（三位以上と四位の参議）・殿上人（四・五位と六位の蔵人）。
一一　にがにがしく目をそむけては。
一二　見てはいられないご寵愛ぶりだ。
一三　こういうことが原因で。
一四　だんだん世間でも面白くない思い。
一五　人々の心配のたね。
一六　唐の玄宗の寵妃。帝寵を専らにして安禄山の乱を招き、馬嵬で斬られた。
一七　引き出しそうな形勢になって行く。
＊1　（大成）心をのみ動かし

1 [一]いづれの御時《おほむとき》にか、[二]女御《にようご》・更衣《かうい》あまたさぶらひ給ひける中に、[三]いとやむごとなき際《きは》にはあらぬが、すぐれて時めき給ふありけり。はじめより「われは」と思ひあがり給へる御方々《かたがた》、[四]めざましきものに貶《おと》しめ嫉《そね》み給ふ。[五]同じほど、それより下臈《げらふ》の更衣たちは、ましてやすからず。朝夕の宮仕《みやづか》へにつけても、人の[＊1]心を動かし、[六]恨みを負ふ積《つも》りにやありけむ、いと[七]あつしくなりゆき、もの心細げに里がちなるを、いよいよ[八]飽かずあはれなるものにおぼ《(も)》ほして、人のそしりをもえ憚《はばか》らせ給はず、[九]世のためしにもなりぬべき御もてなしなり。

[一〇]上達部《かんだちめ》・上人《うへびと》なども、[一一]あいなく目をそばめつつ、

「[一二]いとまばゆき人の御覚《おぼ》えなり」

「[一三]かかることの起《おこ》りにこそ世も乱れあしかりけれ」

と、[一四]やうやう天《あめ》の下《した》にもあぢきなう、[一五]人のもて悩みぐさになりて、[一六]楊貴妃《やうきひ》のためしも[一七]引き出《い》でつべうなりゆくに、[一八]いとはしたなきこと多かれど、かたじけなき[一九]御《み》心ばへの類《たぐひ》なきを頼《たの》みにて交《まじら》ひ給ふ。[二〇]父の大納言は亡くなりて、母北の方なむ[二一]いにしへの人のよしあるにて、親うち具《ぐ》し、[二二]さしあたり

一八　いづらいことが多いけれど。
一九　ご愛情の比類のないのを。
二〇　太政官の次官。大臣につぐ。
二一　昔かたぎのしっかり者で。
二二　現在世間の評判の華かな妃たちにも。
二三　どんな儀式をもやってのけられたが。
二四　しっかりとしたうしろ立てがない故。

**2　若宮（光源氏）の誕生**

一　仏教では現世の出来事は、前世の因縁で決まるとされる。二人の仲と皇子誕生は前世の深い因縁によるとする。
二　早く見たいと待ち遠がりなさって。
三　世にもたぐいまれな。
四　第一皇子。のちの朱雀帝。
五　右大臣の姫君である弘徽殿女御。
六　世間の思い寄せがしっかりしていて。
七　皇太子。
八　お美しさ。
九　ひととおり大切に思われるだけで。
一〇　秘蔵っ子とお思いになり。

**3　桐壺の更衣の不安な未来**

一　ふつうの（女官並みの）御前づとめ。
二　人々の敬重も並みたいていではなく。
＊1　（大成）いたう劣らず
＊2　（大成）御ナシ
＊3　（河内本）母君ははじめより

て世の覚《おぼ》え花やかなる御方々《かたがた》にも劣らず[＊1]、[二三]何事の儀式をもてなし給ひけれど、取り立てて、[二四]はかばかしき[＊2]御後見《みうしろみ》しなければ、ことある時は、なほよりどころなく心細げなり。

**2**

[一]前《さき》の世にも、御契《ちぎ》りや深かりけむ、世になく清《きよ》らなる玉の男御子《をのこみこ》さへ生《む》まれ給ひぬ。[二]「いつしか」と心もとながらせ給ひて、急ぎ参らせて御覧ずるに、[三]めづらかなる児《ちご》の御容貌《みかたち》なり。[四]一の御子《みこ》は[五]右大臣の女御《にようご》の御腹《おほむはら》にて、[六]寄《よ》せ重く、「疑ひなき[七]儲《まうけ》の君」と、世にもてかしづき聞《きこ》ゆれど、この御[八]匂ひには、並び給ふべくもあらざりければ、[九]大方《おほかた》のやむごとなき御思ひにて、この君をば、[一〇]私物《わたくしもの》におぼ《（も）》ほし、かしづき給ふことかぎりなし。

**3**

[＊3]はじめより、[一]おしなべての上《うへ》宮仕へし給ふべき際《きは》にはあらざりき。[二]覚えいとやむごとなく、[三]上衆《じやうず》めかしけれど、[四]わりなく纏《まつ》はさせ給ふあまりに、さるべき御遊《みあそ》びの折々、何ごとにも[五]ゆゑあることのふしぶしには、まづ参《ま》う上らせ給ふ。ある時には[六]大殿籠《おほとのごも》り過《すぐ》して、やがて侍《さぶら》はせ給ひなど、[七]あなが

三　高貴な方らしい風格もあるが。
四　むやみにおそばに引きつけてお置きなさるあまり。
五　ひとふし趣向のある場合場合には。
六　お寝過ごしになって、そのままおそばに置いておかれたりなど。
七　しいておそばから少しも離さず。
八　身分の軽いかた（並みの女房）。
九　丁重に取りはからわれたので。
一〇　東宮にも悪くすると、この皇子がおすわりなさるのではなかろうかと。
一一　他の后妃。
一二　帝が大切に思われることはひととおりではなく。
一三　おそれ多い帝のご庇護を。
一四　あらさがしをなさる人。「毛を吹いて疵を求む」（『漢書』『韓非子』）。
一五　（ご寵愛によって）かえって
一六　清涼殿から最も離れた殿舎。淑景舎。

**4　いじめられる桐壺の更衣**

一　帝が大勢のお后たちの御殿をお通り過ぎになって、ひっきりなしにその局々の前を素通りなさるたび毎に。

＊1　（大成）渡殿の
＊2　（大成）こともあり
＊3　（大成）ある時には

ちに御前《おほむまへ》去《さ》らずもてなさせ給ひしほどに、おのづから[八]軽《かろ》き方《かた》にも見えしを、この御子《みこ》生まれ給ひてのちは、いと[九]心ことに思《おも》ほし掟《おき》てたれば、「[一〇]坊《ぼう》にも、ようせずは、この御子の居給ふべきなンめり」と、一の御子の女御は思《おぼ》し疑《うたが》へり。[一一]人より先に参り給ひて、[一二]やむごとなき御思ひなべてならず。御子たちなどもおはしませば、この御《おん》方の御《おほむ》いさめをのみぞ、なほわづらはしく、心苦《ぐる》しう思ひ聞こえさせ給ひける。[一三]かしこき御蔭《みかげ》をば頼み聞えながら、おとしめ[一四]疵《きず》を求め給ふ人は多く、わが身はか弱く、ものはかなきありさまにて、[一五]なかなかなる物思ひをぞし給ふ。御局《みつぼね》は[一六]桐壺《きりつぼ》なり。

**4**　[一]あまたの御方々《かたがた》を過ぎさせ給ひて、ひまなき御前渡《おほむまへわた》りに、[二]人の御《み》心をつくし給ふも、げに道理《ことわり》と見えたり。[三]参《ま》う上《のぼ》り給ふにも、あまりうちしきる折々は、[四]打橋《うちはし》・[五]渡殿《わたどの》＊1、ここかしこの道に、[六]あやしきわざをしつつ、御送り迎への人の衣《きぬ》の裾《すそ》、堪《た》へがたう、[七]まさなきことども＊2あり。またある時は＊3、[八]えさらぬ馬道《めだう》の戸をさしこめ、こなたかなた心をあはせて、[九]はしたなめわづらはせ給ふ時も多かり。ことにふれて、数《かず》知らず苦しきことのみまされ

二　そのお后たちがやきもきなさるのも。
三　更衣が清涼殿へ参上なさる折にも。
四　建物と建物の間をかけはずしする板。
五　建物をつなぐ屋根つきの渡り廊下。
六　けしからぬいたずら。汚物をまく。
七　たまらない目に。
八　どうしても通らなければならない馬道。馬道は建物の中央を貫く板敷廊下。
九　間の悪い思いをさせ困らせなさる。
一〇　気にやんでいるのを。
一一　帝はいよいよ「かわいそうだ」と。
一二　清涼殿西隣の建物。
一三　宮中内の役人や女房たちの居室。
一四　天皇の御座所近くに賜わる部屋。

**5 若宮の袴着**

一　著袴の儀ともいう。男女ともに古くは三歳、のちには五歳・七歳で行なう。
二　中務省所属。献上品などを管理する。
三　宜陽殿と後涼殿内にある。金銀・衣服・調度その他を納め置く所。
四　成長していかれるお顔立ちや気立て。
五　たぐいなく。
六　憎み通すことはおできにならない。
七　物事の道理をわきまえている人。
八　人間世界に出現するものであったよ。
九　あきれるまでに思って。

ば、いといたう思ひわびたる[一〇]を、いとど[一一]「あはれ」と御覧じて、後涼殿《こうらうでん》[一二]にもとより侍《さぶら》ひ給ふ更衣の曹司《ざうし》[一三]を、ほかに移させ給ひて、上局《うへつぼね》[一四]に賜《たま》はす。その恨みましてやらむかたなし。

**5** この御子《みこ》三つになり給ふ年《とし》、御袴着《はかまぎ》[一]のこと、一の宮の奉《たてまつ》りしに劣らず、内蔵寮《くらづかさ》[二]・納殿《をさめどの》[三]の物をつくして、いみじうせさせ給ふ。それにつけても世のそしりのみ多かれど、この御子《みこ》のおよすげ[四]もておはする御容貌《かたち》・心ばへ、ありがたく[五]めづらしきまで見え給ふを、え嫉《そね》み[六]あへ給はず。物の心知り給ふ人[七]は、

「かかる人も世に出《い》で[八]おはするものなり」

と、あさましき[九]まで目をおどろかし給ふ。

**6** その年の夏[一]、御息所《みやすんどころ》[二]、はかなき心地[三]にわづらひて、「罷《まか》ン[四]でなむ」とし給ふを、暇《いとま》さらに許させ給はず。年ごろ[五]常のあつしさになり給へれば、御目なれて、

**⑥ 桐壺の更衣、重態・退出**

一 若宮三歳の夏。
二 皇子女を生んだ女御・更衣の敬称。
三 ふとした病気にかかって。
四 宮中を退出なさろうとするが。
五 年来持病になっておられるから。
六 やはりしばらく様子を見よ。
七 とんでもない恥を受けるかも知れぬ。
八 きまりがあるので。限りは宮中で死んで汚してはならぬという掟《おきて》。
九 そういつまでも更衣をお引きとめになることはできない。
一〇 お見送りをさえままならぬ不安を。

**⑦ 更衣、帝に別れを告げて退出・死去**

一 色つやよく、かわいらしげな人が。
二 しみじみと悲しく思っていながら。
三 生きているのか、亡くなったのか、わからぬ状態で、息も絶えだえで。
四 お思いになる余裕もなく。
五 更衣はご返事も申し上げられない。
六 目つきなどもたいそうだるそうで。
七 正体もない様子で。
八 どうしようかと途方に暮れられる。
＊1 （大成）思ほさる
＊2 （大成）かナシ
＊3 （大成）え許させ

帝「[六]なほしばし試みよ」とのみ、宣《のたま》はするに、日々《ひび》に重り給ひて、ただ五六日《いつかむゆか》のほどに、いと弱うなれば、母君泣く泣く奏して、罷ンでさせ奉り給ふ。かかる折にも、「[七]あるまじき恥もこそ」と、心づかひして、御子《みこ》をばとどめ奉りて、忍びてぞ出《い》で給ふ。[八]限りあれば、[九]さのみもえとどめさせ給はず。[一〇]御覧じだに送らぬおぼつかなさを、いふ方なく[＊1]思《おぼ》さる。

⑦ [一]いと匂ひやかに、うつくしげなる人の、いたう面痩《おもや》せて、「[二]いとあはれ」と物を思ひしみながら、言《こと》に出《い》でても聞こえやらず、[三]あるかなきかに消え入りつつ、ものし給ふを御覧ずるに、[四]来《き》し方・行く末思し召されず、よろづのことを泣く泣く契《ちぎ》り宣《のたま》はすれど、[五]御いらへもえ聞こえ給はず。[六]まみなどもいとたゆげにて、いとどなよなよと、[七]我《われ》かの気色《けしき》にて臥《ふ》したれば、「[八]いかさまにか[＊2]」と、思し召し惑はる。[九]輦車《てぐるま》の宣旨《せんじ》など宣はせても、また入らせ給ひては、[一〇]さらに[＊3]許させ給はず。

帝「[二]限りあらむ道にも、『遅れ、先立たじ』と契らせ給ひけるを、[三]さりと[一三]もうち捨てては、え行きやらじ」

と、宣はするを、女[一四]も「いといみじ」と見奉りて、

更衣「[一五]限りとて別るる道の悲しきにいかまほしきは命なりけり

[一六]いとかく思う給へましかば……」

と、息も絶えつつ、聞こえまほしげなることはありげなれど、いと苦しげにたゆげなれば、「[一七]かくながら、ともかくもならむを御覧じ果てむ」と、思し召すに、

人々「今日《けふ》[一八]始むべき祈りども、[一九]さるべき人々承《うけたまは》れる、今宵より」

と、[二〇]聞こえ急がせば、[二一]わりなく思《おも》ほしながら、罷《まか》でさせ給ひつ[*1]。御胸のみつ[二二]とふたがりて、[二三]つゆまどろまれず、明かしかねさせ給ふ。

[二四]御使ひの行《ゆ》き交《か》ふほどもなきに、なほい[二五]ぶせさを限りなく宣《のたま》はせつるを、

人々「夜中うち過ぐるほどになむ、[二六]絶え果て給ひぬる」

とて、泣き騒げば、御使ひもいと[二七]あへなくて、帰り参りぬ。[二八]聞こし召す御心惑《まど》ひ、何ごとも思《おぼ》し召しわかれず、籠《こも》りおはします。

九 輦車は手で引く屋形車。宮城の中重《なかえの》門《もん》の出入りに用いる。宣旨を受けた者が乗車を許される。

一〇 どうしてもお許しにならない。

一一 前世から定められた冥道への旅。

一二 いくらなんでも。

一三 私を見捨てては行けまいな。

一四 更衣も「ほんとうに悲しい」と。「女」は男女関係を強調した表現。

一五 定めのある寿命だと思ってお別かれして赴く死出の道が悲しいにつけ、まず行きたいのは生きる道、つまり命なのでございます。

一六 ほんとにこうなることとわかっておりましたなら。

一七 このまま宮中で、なり行く結果を見届けようと。

一八 更衣の里で今日から始めるはずの。

一九 しかるべき僧侶たちがお受け申しているご祈祷を、今夜から始めますので。

二〇 おせき立て申すので。

二一 帝は不本意にお思いになりながら。

二二 じっとふさがって。

二三 まったくとろりとすることもできず。

二四 御使が行って戻る間もたたないのに。

*1 （大成）給ふ

三五　不安でたまらぬことを際限もなく。
三六　更衣はお亡くなりになった。
三七　張り合いがなくて。
三八　それをお聞きなさる帝のお心の動揺といったら、何のご分別もなくされて。

**8　若宮、更衣の里邸に退出**

一　このような母上の喪中でも。
二　こういう親の喪中に宮中に伺候しておられる先例はないことなので。延喜七年（九〇七）、七歳以下は服喪しなくてよいときめられた。それ以前の話。
三　お思いにならず。
四　帝もたえず御涙を流されているのを。
五　ふしぎそうにお見上げ申しているのを。
六　子が年老いた親に死別するという、あたりまえの事件でも。
七　こういう親子の永別は。
八　幼い若宮が年若い母君に先立たれた上、父帝とも別れざるを得ないのだから。

**9　更衣の葬送・贈三位**

一　更衣は更衣なりのきまりがあるから。
二　通例の火葬にして埋葬申し上げる。
三　娘と同じ煙になって空に消えたい。
四　京都市東山区小松町の珍皇寺付近。一帯は鳥辺野といわれた。
＊1　（大成）まろび

8　御子《みこ》は、[一]かくてもいと御覧ぜまほしけれど、[二]かかるほどに侍《さぶら》ひ給ふ、例なきことなれば、罷《まか》で給ひなむとす。何ごとかあらむとも[三]思《おも》ほしたらず、侍《さぶら》ふ人々の泣き惑《まど》ひ、[四]上も御涙のひまなく流れおはしますを、[五]あやしと見奉り給へるを、[六]よろしきことにだに、[七]かかる別れの悲しからぬはなきわざなるを、まして[八]あはれにいふかひなし。

9　[一]限りあれば、[二]例の作法にをさめ奉るを、母北の方、「[三]同じ煙にも上《のぼ》りなむ」と、泣きこがれ給ひて、御送りの女房の車に慕ひ乗り給ひて、[四]愛宕《をたぎ》といふ所に、いと[五]厳《いか》めしうその作法したるに、おはし着きたる心地、いかばかりかはありけむ。
「[六]空《むな》しき御骸《から》を見る見る、なほおはするものと思ふが、[七]いと甲斐《かひ》なければ、灰になり給はむを見奉りて、『[八]今は亡き人』と、[九]ひたぶるに思ひなりなむ」と、[一〇]さかしう宣《のたま》ひつれど、[一一]車よりも落ちぬべう＊1惑《まど》ひ給へば、

五　おごそかに葬儀をしている所に。
六　お亡き骸でも、まざまざ見ていると。
七　まことにつらいから。
八　もうこの世にはおられぬ人だと。
九　きっぱりと諦めましょう。
一〇　もっともらしく仰っしゃったが。
一一　車から転び落ちそうに取り乱し。
一二　きっとこうだろうと思ったことよ。
一三　女房たちは持てあまし申した。
一四　「みつのくらゐとよむなり」（細流抄）。正四位上の更衣に従三位を追贈。
一五　国文で書かれた天皇のことば。
一六　たまらなく心残りに思われるので。
一七　せめてもう一階上の位だけでも。
一八　他の女御や更衣たち。
一九　物のわきまえのおありになる方々は。
二〇　気立てが穏かで少しのいや味もなく。
二一　見るに見かねるようなご寵愛ぶり。
二二　すげなくあしらって嫉妬なさったが。
二三　人柄のやさしい、情の厚い人であったと。
二四　帝付きの女房。
二五　「亡くなってはじめてその人が恋しくなる」と古歌にあるのは。「ある時はありのすさびに（生きているというだけで）憎かりきなくてぞ人は恋しかり

[一二]「さは思ひつかし」

と、[一三]人々もて煩《わづら》ひ聞こゆ。

内裏《うち》より御使ひあり。

「[一四]三位《みつ》の位贈り給ふ」[一五]よし、勅使来て、その宣命《せんみやう》読むなむ、悲しきことなりける。「女御」とだに言はせずなりぬるが、[一六]飽《あ》かず口惜しう思《おぼ》さるれば、

「[一七]今一階《ひときざみ》の位をだに」

と、贈らせ給ふなりけり。これにつけても、憎み給ふ[一八]人々多かり。[一九]物思ひ知り給ふは、様《さま》・容貌《かたち》などのめでたかりしこと、[二〇]心ばせのなだらかにめやすく、憎みがたかりしことなど、今ぞ思《おぼ》し出《い》づる。[二一]様あしき御もてなしゆゑこそ、[二二]すげなう嫉《そね》み給ひしか、[二三]人柄のあはれに、情《なさ》けありし御心《み》を、[二四]上の女房なども、恋ひ忍《しの》び合へり。「[二五]なくてぞ」とは、かかる折にやと見えたり。

10　はかなく日ごろ過ぎて、[一]後《のち》のわざなどにも、[二]こまかにとぶらはせ給ふ。ほど経《ふ》るままに、[三]せむかたなう悲しう思さるるに、[四]御方々《かたがた》の御宿直《とのゐ》なども、

けり」（伊行釈）を引く。

**⑩ 帝の寂寥、はかなく月日は過ぎる**

一　死後七日毎に行なわれる法事。
二　帝はねんごろにお見舞をなさる。
三　たまらなく。
四　お妃たちの夜の伺候。
五　涙に濡れて。
六　はたでお見上げする女房たちまで、しめっぽい秋である。
七　人の心をむしゃくしゃさせる。
八　更衣のご寵愛ぶりであることよ。
九　右大臣の女で、第一皇子の母女御。
一〇　容赦なく。
一一　帝は一の宮をご覧になるにつけても。
一二　更衣の実家に遣わしては。

**⑪ 勅使靫負の命婦の弔問**

一　野分めいた風が吹き始めて。
二　帝はいつもより故更衣を思い出されることが沢山あって。
三　命婦は五位以上の女官。父兄か夫が靭負（衛門府の武官）であった。
四　夕方の月。夜は帯字で意味がない。
五　このような月のよい夜は。
六　管絃の遊び。音楽会。
七　更衣は特に趣のある楽を奏し、ちょ
＊1　（大成）思さるるにも

絶えてし給はず。ただ涙[五]にひぢて明かし暮させ給へば、見奉る人[六]さへ露けき秋なり。

「亡きあとまで、人[七]の胸あくまじかりける人[八]の御覚えかな」とぞ、弘徽殿《こきでん》[九]などには、なほ許し[一〇]なう宣《のたま》ひける。一[一一]の宮を見奉らせ給ふにも、若宮の御恋しさのみ思《おも》ほし出《い》でつつ、親しき女房・御乳母などを遣《つか》[一二]はしつつ、ありさまを聞こし召す。

⑪ 野分《のわき》[一]だちて、にはかに膚《はだ》寒き夕暮れのほど、常[二]よりも思し出づること多くて、靫負《ゆげひ》[三]の命婦といふを遣はす。夕月夜《ゆふづくよ》[四]のをかしきほどに、出だし立てさせ給うて、やがて眺めおはします。かうやう[五]の折は、御遊《みあそ》[六]びなどせさせ給ひしに、心[七]ことなる物の音をかき鳴らし、はかなく聞こえ出づる言《こと》の葉《は》も、人よりは殊《こと》なりしけはひ・容貌《かたち》の、面影《おもかげ》につと添ひて思さるるも[*1]、「闇[八]のうつつ」にはなほ劣りけり。

命婦かしこに罷《まか》で着きて、門《かど》[九]引き入るるより、けはひあはれなり。やもめ住《ず》みなれど、人一人《ひとり》[一〇]の御かしづきに、とかく繕《つく》[一一]ろひ立てて、目やすきほ

っと申し上げることばや和歌なども。
八　面影は幻にすぎないから、見えないものの「暗闇の中の現実」には及ばなかった。「むばたまの闇のうつつはさだかなる夢にいくらもまさらざりけり」（古今・恋十三、よみ人知らず）
九　門に車を引き入れると、すぐに。
一〇　娘の更衣一人をお世話するために。
一一　手を入れて見苦しくないようにして。
一二　一人娘を亡くした悲しみにくれて。「人の親の心は闇にあらねども子を思ふ道にまどひぬるかな」（後撰・雑一、藤原兼輔）
一三　むぐら・よもぎ、ちがやなどの雑草。「訪ふ人もなき宿なれど来る春は八重葎にもさはらざりけり」（古今六帖二、紀貫之）
一四　よもぎなど雑草の生えた荒れた庭。
一五　以前弔問した典侍のことば。
一六　心も肝も尽きてしまうようで。
一七　物のわからぬふつつか者の心にも。
一八　典侍の言葉どおり、実にたえがたく。
一九　やっと涙をおさえて。
二〇　帝のご伝言。
＊1　（大成）給ひつる
＊2　（大成）いと恥かしうなむ

どにて過ぐし給へる[＊1]を、[一二]闇にくれて臥し沈み給へるほどに、草も高くなり、野分にいとど荒れたる心地して、月影ばかりぞ[一三]八重葎《やへむぐら》にもさはらずさし入りたる。南面《みなみおもて》に下《おろ》して……。母君もとみにえ物も宣《のたま》はず。

母君「今までとまり侍るがいと憂《う》きを、かかる御使ひの、[一四]蓬生《よもぎふ》の露分け入り給ふにつけても、恥[＊2]しうなむ」

とて、げにえ堪《た》ふまじく泣い給ふ。

命婦「『[一五]参りては、いとど心苦しう、[一六]心肝《こころぎも》もつくるやうになむ』と、内侍《ないし》のすけの奏し給ひしを、[一七]物思ひ給へ知らぬ心地にも、[一八]げにこそいと忍びがたう侍りけれ」

とて、[一九]ややためらひて、[二〇]仰《おほ》せ言《ごと》伝へ聞こゆ。

命婦「『しばしは[二一]夢かとのみたどられしを、やうやう思ひしづまるにしも、さむべき方なく堪《た》へがたきは、いかにすべきわざにかとも、[二三]問ひ合はすべき人だになきを、[二二]忍《しの》びては参り給ひなむや。[二四]若宮のいとおぼつかなく、露けき中《なか》に過ぐし給ふも、心苦しう思《おぼ》さるるを、疾《と》く参り給へ』など、[二五]はかばかしうも宣《のたま》はせやらず、むせ返らせ給ひつつ、かつは『[二六]人

二二　夢ではないかと思うばかりだったが。
二三　せめて相談できる人でもおればよいのに、それもないので。
二三　うちうちに参内なさいませんか。
二四　若宮がたいそう気がかりで、涙がちのお邸でお過しになっているのも。
二五　はっきりとも仰っしゃり切れずに。
二六　人に不甲斐ないと思われはせぬかと。
二七　ご遠慮なさらぬでもないご様子が。
二八　みなまでは承り切らないうちに。
二九　涙で目も見えませんが、そのおそれ多いお言葉を光として読ませていただきます。
三〇　心待ちに過す月日がたつにつれて。
三一　困ったことである。
三二　幼い人もどうしているかと。
三三　あなたと一緒に育て上げないのは、気がかりでならないのだが。
三四　若宮を更衣の形見と思って。
三五　宮中を吹きすさんで露を結ぶ秋風の音を聞くにつけ涙を催し、小萩（若宮）のことを心配していることだ。宮城野（仙台市、萩の名所）に宮中を、「露」に涙を、「小萩」に若宮の意をこめた。

12　**老いの身の嘆き**

＊1　（大成）人を

も心弱く見奉るらむ』と、[二七]思《おぼ》しつつまぬにしもあらぬ御気色《みけしき》の心苦しさに、[二八]承りも果てぬやうにてなむ、罷《まか》で侍りぬる」

とて、御文 奉《たてまつ》る。

母君「[二九]目も見え侍らぬに、かくかしこき仰《おほ》せ言《ごと》を光にてなむ」

とて、見給ふ。

勅書「ほど経《へ》ば、少しうち紛《まぎ》るることもやと、[三〇]待ち過ぐす月日に添へて、いと忍びがたきは、[三一]わりなきわざになむ。[三二]いはけなき人＊1もいかにと思ひやりつつ、[三三]もろともにはぐくまぬおぼつかなさを。今はなほ[三四]昔の形見になずらへてものし給へ」

など、こまやかに書かせ給へり。

帝「[三五]宮城野《みやぎの》の露吹き結《むす》ぶ風の音《おと》に小萩《こはぎ》がもとを思ひこそやれ」

とあれど、え見給ひ果てず。

12

母君「『[一]命長さの、いとつらう思う給へ知らるるに、[二]松の思はむことだに恥しう思ひ給へ侍れば、[三]百敷《ももしき》に行《ゆ》き交《か》ひ侍らむことは、ましていと憚《はばか》り多くなむ。[四]かしこき仰せ言をたびたび承《うけたまは》りながら、[五]自《みづか》らはえなむ思ひ給へ立つまじき。若宮は[六]いかに思《おも》ほし知るにか、参り給はむことをのみなむ、思《おぼ》し急ぐめれば、ことわりに悲しう見奉り侍る』など、内々《うちうち》に思ひ*1給ふるさまを奏し給へ。[七]ゆゆしき身に侍れば、[八]かくておはしますも、[九]いまいましうかたじけなく」

など、宣ふ。

[一〇]宮は大殿籠《おほとのごも》りにけり。

命婦「見奉りて、くはしく[一一]御《み》有様も奏し侍らまほしきを、[一二]待ちおはしますらむを、*2夜更《ふ》け侍りぬべし」

とて、[一三]急ぐ。

**[13]**

母君「[一]くれ惑《まど》ふ心の闇も堪《た》へがたき片端をだに、はるくばかりに聞こえまほしう侍るを、[二]私《わたくし》にも、心のどかに罷《まか》で給へ。年ごろ、[三]うれしくおもだたしきついでにのみ、*3立ち寄り給ひしものを、[四]かかる御消息《せうそこ》にて見奉る、かへすがへす[五]つれなき命にも侍るかな。[六]生まれし時より、[七]思ふ

一 自分の長命がまことにつらいことだと。「寿《いのちなが》ければ則ち辱《はづかしめ》多し」(荘子)。
二 あの高砂の松がどう思うことかと。「いかでなほありと知らせじ高砂の松の思はむことも恥かし」(古今六帖五)。
三 宮中。もとは「大宮(御所)」の枕詞。
四 おそれ多い帝のおことば。
五 私はとても参内を思い立てません。
六 どうおわかりなさってか。
七 夫や娘に死別した不吉な身。
八 こうして若宮がここにおられるのも。
九 縁起が悪く、もったいなく。
一〇 若宮はとうにおやすみになっていた。
一一 若宮のご様子も奏上したいのですが。
一二 帝は私の報告をさぞお待ちかねでございましょう。
一三 内裏への帰参を急ぐ。

**[13] 老母、娘の見果てぬ夢を語る**

一 亡き子の恋しさに途方にくれてまっ暗になっている親心もこらえかねますが、その一端なりとも、晴らすほどに。[11]注三の引歌参照。
二 私的にも。勅使の任を離れて。
*1 底本「給へる」。今大成に従う。
*2 (大成)に
*3 (大成)て

三　うれしく名誉な場合にだけ。
四　このような悲しいおたよりの御使い。
五　情けない長命でございますよ。
六　娘の更衣は。
七　私どもで考えている所のあった人で。
八　最後の息を引き取るまで。
九　御所づとめの宿願を、遂げさせてあげなさい。
一〇　不甲斐なくも志をくじいてはならぬ。
一一　しっかりと後見してくれる人のない。
一二　宮仕えは。
一三　かえってしない方がましだろうと。
一四　大納言の遺言にそむくまいというだけのことで。
一五　ご愛情が何かともったいないので。
一六　人並みにも扱われない恥。
一七　穏かならぬことが多くなって行って。
一八　尋常とも思われない有様で。
一九　帝寵もかえって恨めしいことと。
二〇　理性を失った親心の乱れというものでして。帝への恨みがましい言いようを弁解。[11]注三の引歌参照。
二一　涙にむせかえっておられる間に。
＊1　底本「くづをる」。今大成に従う。
＊2　（大成）人も
＊3・4　底本「思ふ」、今大成による。

心ありし人にて、故大納言今[八]はとなるまで、ただ、『この人の宮仕[九]への本意《ほい》、必ず遂げさせ奉れ。われ亡くなりぬとて、口惜[一〇]しう思ひくづほ＊1るな』と、かへすがへすいさめ置かれ侍りしかば、はかばかしう[一一]後見《うしろみ》思ふ人なき＊2交《まじ》らひは、なかなか[一三]なるべきことと思う＊3給へながら、ただかの[一四]遺言《ゆいごん》を違《たが》へじとばかりに、出《い》だし立て侍りしを、身に余るまでの御《み》[一五]志《こころざし》の、よろづにかたじけなきに、人げなき[一六]恥を隠しつつ、交《まじ》らひ給ふめりつるを、人の嫉《そね》み深く積《つも》り、安からぬ[一七]こと多くなり添ひ侍るに、横さまなる[一八]やうにて、つひにかくなり侍りぬれば、かへりては[一九]つらくなむ、かしこき御《み》志を思う＊4給へられ侍る。これも[二〇]わりなき心の闇に……」

なンど、言ひもやらず、むせかへり[二一]給ふほどに、夜もふけぬ。

**[14]**　命婦「上《うへ》[一]もしかなむ。『わが[二]御心《み》ながら、あながち[三]に人目驚くばかり思《おぼ》されしも、長かる[四]まじきなりけりと、今は[五]つらかりける人の契《ちぎ》りになむ。世[六]にいささかも人の心を曲げたることはあらじと思ふを、ただこの人

のゆゑにて、あまた[七]さるまじき人の恨みを負ひしはてはては、[八]かうう
ち捨てられて、[九]心をさめむ方なきに、[一〇]いとど人悪ろう、かたくなに
り果つるも、前《さき》の世ゆかしうなむ』と、うち返しつつ、[一一]御しほたれが
ちにのみおはします」
と、語りて尽きせず。泣く泣く、
命婦「夜いたうふけぬれば、[一二]今宵過ぐさず、御返り奏せむ」
と、急ぎ参る。

15 [一]月は入《い》り方の空清う澄み渡れるに、風いと涼しく吹き[*1]て、草むらの虫
の声々、[二]催し顔なるも、いと立ち離れにくき[三]草のもとなり。
命婦「[四]鈴虫の声のかぎりをつくしても長き夜飽かずふる涙かな」
えも乗りやらず。
母君「[五]いとどしく虫の音《ね》しげき浅茅生《あさぢふ》に露おき添ふる雲の上人
[六]かごとも聞こえつべくなむ」
と、言はせ給ふ。[七]をかしき御贈り物など、あるべき折にもあらねば、ただ

**14 命婦、帝の悲しみを伝える**

一 帝とても同じようなことを仰っしゃいました。
二 自分の心ながら自分で制し切れずに。
三 強引に人が見てびっくりするほど更衣を寵愛したのも。
四 長くは続くはずのない仲。
五 かえって恨めしく感じられる更衣との縁であったと、悔まれることだ。
六 決して少しも人の心を傷つけるようなことはしまいと。
七 受けずともよい人の恨みを。
八 このとおり更衣に先立たれて。
九 気持ちのしずめようもないので。
一〇 いよいよみっともなく、片意志になってしまったのも。
一一 涙でお袖の乾くひまもありません。
一二 今夜中に。宵は日没から夜半まで。

**15 命婦、母君と別れの贈答**

一 月は山の端に入りかけていて、空はきれいに一面に澄み渡っている上に。
二 涙を誘うような様子であるのも。
三 草深い宿ではある。
四 鈴虫のように声のかぎり秋の長夜を泣き尽しても、まだ飽き足らぬように

＊1 （大成）なりて

涙が降ることです。「ふる」は「振る」と「降る」を掛け、「鈴」の縁語。

五　虫が鳴きしきるこの草深い宿においでいただき、いよいよ悲しみの涙をお添えになる大宮人ですこと。「露」は「浅茅生」の縁語。

六　恨み言も申し上げたくなりそうで。

七　風流な御贈り物。

八　喪中ゆえ、あるべき場合でもない。

九　更衣のお着物一揃い。

一〇　御髪結いの道具といった物。

一一　今までは宮中の生活に朝夕なれて。

一二　今では里邸でたいそう寂しく。

一三　母君にお勧め申し上げるが。

一四　このような不吉な自分が。

一五　他人が聞いて大変いやに思うだろう。

一六　若宮を拝見しないでしばらくでもいるようなことは。

一七　すっきりと若宮を参内おさせ申すこともおできにならないのであった。

16　**命婦、帰参**

一　帝がお休みになっておられなかったのを、おいたわしく拝見する。

二　清涼殿前の中庭の植え込み。

三　奥ゆかしい女官だけ四五人を。

＊1　(大成) 残しおき

「かの形見に」とて、「かかる用もや」と、残[*1]し給へりける、御[九]装束一領《さうぞくひとくだり》、御[一〇]髪《みぐし》上《あ》げの調度めく物添へ給ふ。若き人々、悲しきことはさらにもいはず、内裏《うち》[一一]わたりを朝夕にならひて、いと[一二]さうざうしく、上《うへ》の御ありさまなど、思ひ出《い》で聞こゆれば、「疾《と》く参り給はむこと」を、そ[一三]そのかし聞こゆれど、「[一四]かくいまいましき身の添ひ奉らむも、いと[一五]人聞き憂《う》かるべし、また、見[一六]奉らでしばしもあらむは、いとうしろめたう」思ひ聞こえ給ひて、す[一七]がすがともえ参らせ給はぬなりけり。

16　命婦は、まだ大[一]殿籠らせ給はざりけるを、あはれに見奉る。御[二]前《おまへ》の壺前《つぼせん》栽《ざい》の、いと面白き盛《さか》りなるを、御《ご》覧ずるやうにて、忍《しの》びやかに、[三]心にくき限《かぎ》りの女房四五人侍《よたりいつたりさぶら》はせ給ひて、[四]御物語せさせ給ふなりけり。このごろ明け暮れ御覧ずる『長恨歌』[五]の御絵、[六]亭子院《ていじのゐん》の書かせ給ひて、[七]伊勢・[八]貫之によませ給へる、[九]大和《やまと》言の葉をも、唐土《もろこし》の詩《うた》をも、ただその[一〇]筋をぞ、枕言《まくらごと》にせさせ給ふ。

四　お話をなさっておられるのであった。
五　白楽天（七七二―八四六）の長詩。唐の玄宗皇帝と、楊貴妃の悲恋が主題。
六　宇多上皇（五九代。在位八八七―九七）
七　歌人。宇多帝に愛された。
八　紀氏。『古今集』撰者・歌人。『土佐日記』作者。
九　その画賛の和歌や漢詩なども。
一〇　その筋合のこと（玄宗帝が楊貴妃に先立たれたこと）を口ぐせにして。

**17　更衣と楊貴妃**

一　大変おそれ多いおことばには、身のおきどころもございません。
二　つい取り乱して心が真暗になります。
三　荒い世間の風を防いでいた更衣が亡くなってからは、若宮のお身の上が案じられて、心の静まる暇もありません。「蔭」は更衣、「小萩」は若宮をさす。
四　（父帝の存在を無視して）取り乱しているのを。
五　母君がまだ心を静めないでいる時だからとして、無作法を見逃される。
六　決して悲嘆にくれているとは。
七　がまするこことがおできにならない。
八　更衣と始めてお会になった年月。
＊1　底本「人にイ」（河内本）を傍書。

17　いとこまやかに有様を問はせ給ふ。あはれなりつること、忍びやかに奏す。御返り御覧ずれば、

母君文「[一]いともかしこきは、置き所も侍らず。かかる仰《おほ》せ言《ごと》につけても、
[二]かきくらす乱り心地になむ。
[三]荒き風防ぎし蔭の枯れしより小萩が上ぞ静《しづ》心なき」

などやうに、[四]乱りがはしきを、「[五]心をさめざりけるほど」と、ご覧じ許すべし。

「[六]いとかうしも[＊1]見えじ」と、思ししづむれど、さらに[七]え忍びあへさせ給はず。[八]ご覧じ始めし年月のことさへかき集め、よろづに思しつづけられて、時の間《ま》も[九]おぼつかなかりしを、「かくても月日は経《へ》にけり」と、あさましう思し召さる。

帝「故大納言の遺言あやまたず、[一〇]宮仕への本意深く物したりし喜びは、『甲斐あるさまに』とこそ、思ひわたりつれ。言ふ甲斐なしや」

と、うち宣はせて、[二]いとあはれに思しやる。

帝「かくても、おのづから若宮など生ひ出で給はば、[三]さるべきついで

九　ほんのわずかの間でも気がかりであったのに、「その死後よくもまあ…」。
一〇　宮仕えの本望を立派に果された、そのお礼には、「なり栄えのある身分（女御）に（させてやりたかった）」と。
一一　母君を大変気の毒だと。
一二　それ相応のうれしい機会も。
一三　「長生きして」と願い、辛抱せよ。
一四　御装束一領と御髪上げの調度の類。
一五　帝は、これが長恨歌にある亡き人の住みかを尋ね出したとかいう証拠の。「鈿合《でんごう》・金釵《きんさ》、寄せ将《も》ちて去らしむ」（長恨歌）。
一六　更衣の魂を探しに行ってくれる幻術士がほしい。人伝てにでもそのありかが知ることのできるように。「能く精誠を以って魂魄《こんぱく》を致さしむ」（長恨歌）。
一七　いっこうに精彩がない。
一八　太液池（漢の武帝造営）の蓮の花や未央宮（漢の高祖の世蕭何《しょうか》造営）の柳にも似通っていた楊貴妃の容貌！（長恨歌による）　その唐風の装いは端麗であったであろうが。
一九　更衣のやさしくかわいかった姿や声。
二〇　花の色・鳥の声にもたとえられない。
＊1　（大成）少なし

もありなむ。『[一三]命長く』とこそ、思ひ念ぜめ」

など宣はす。

かの[一四]贈物ご覧ぜさす。「[一五]亡き人の住みか尋ね出でたりけむ、しるしの釵《かんざし》ならましかば……」と、思《おも》ほすも、いと甲斐なし。

[帝]「[一六]尋ね行《ゆ》く幻《まぼろし》もがなつてにても魂《たま》の在《あ》りかをそこと知るべく」

絵に画《か》ける楊貴妃の容貌《かたち》は、いみじき絵師《ゑし》といへども、筆限りありければ、[一七]いと匂ひなし。[＊1] [一八]太液《たいえき》の芙蓉《ふよう》・未央《びやう》の柳も、げに通《かよ》ひたりし容貌を。唐めいたるよそひは、うるはしうこそありけめ、[一九]なつかしうらうたげなりしを思し出づるに、[二〇]花鳥の色にも香にもよそふべき方ぞなき。朝夕の言《こと》ぐさに、

「[二一]羽を並べ、枝を交はさむ」

と、契らせ給ひしに、かなはざりける命のほどぞ、[二二]尽きせず恨めしき。

18　風の音・虫の声につけて、もののみ悲しう思さるるに、弘徽殿には、久しう[一]上の御局《みつぼね》にも参上《まうのぼ》り給はず。月のおもしろきに、夜更くるまで遊び

をぞし給ふなる。「[二]いとすさまじう、ものし」と聞こし召す。このごろの御《み》気色《けしき》を見奉る上人《うへびと》・女房などは、「[三]かたはらいたし」と聞きけり。[四]いと押し立ち、かどかどしきところものし給ふ御方にて、[五]ことにもあらず思し消《け》ちて、もてなし給ぶなるべし。

月も入りぬ。

帝「[六]雲の上も涙にくるる秋の月いかですむらむ浅茅生《あさぢふ》の宿」

おぼしやりつつ、[七]灯火《ともしび》をかかげ尽して起きおはします。[八]右近の司《つかさ》の宿直《とのゐ》奏《まう》しの声聞こゆるは、丑《うし》になりぬるなるべし。人目を思《おぼ》して、夜《よる》の御殿《おとど》に入らせ給ひても、[九]まどろませ給ふことかたし。

朝《あした》に起きさせ給ふとても、「[一〇]明くるも知らで」と思《おぼ》し出《い》づるにも、なほ[一一]朝《あさ》政《まつりごと》は怠らせ給ひぬべかンめり。[一二]ものなども聞こし召さず、[一三]朝餉《あさがれひ》の気色ばかり触れさせ給ひて、[一四]大床子《だいしやうじ》の御膳《おもの》などは、[一五]いと遙《はる》かに思し召したれば、[一六]陪膳《はいぜん》に侍《さぶら》ふかぎりは、心苦しき御気色を、見奉り嘆く。

すべて近う侍ふかぎりは、男《をとこ》・女《をんな》、

「[一七]いとわりなきわざかな」

二　比翼の鳥や連理の枝のように、二人は離れない愛を持ちつづけようと。「天に在《あ》らば願はくは比翼の鳥と作《な》り、地に在らば願はくは連理の枝と為らむ」（長恨歌）の引用。

三　長恨歌の結句、「天長地久、時有って尽くるとも、此の恨み綿々として絶ゆるの期《とき》無し」を踏んでいる。

**18 涙にくれる桐壺帝**

一　清涼殿北東隅にある弘徽殿の上局《うえつぼね》。

二　帝は、実に興ざめで、不快だと。

三　弘徽殿の態度をにがにがしいと。

四　押しが強く、角のある方で。

五　帝のご悲嘆など何ほどのこともないと無視して、お振舞いになっている。

六　宮中でさえ涙で曇って見える秋の月がどうして草深い宿で澄んで見えよう。そんな宿に母君らが住んでいるとは。

七　灯火の尽きる限り。「孤灯挑《ことうかか》げ尽して未だ眠りを成さず」（長恨歌）。

八　右近衛府の役人は丑の一刻（午前二時頃）から卯の一刻（同六時頃）まで宿直・夜行に当る。各刻毎に滝口の陣で「何《な》の某《なにがし》、刻《とき》丑三つ」の如く名乗る。

九　うとうとなさることとも。

一〇　夜の明けるのも知らず眠っていたこ

とよ。「玉すだれあくる（明くる・上ぐる）を知らで寝しものを夢にも見じと思ひけるかな」（伊勢集）。

一一　朝のご政務。「春宵《しゅんしょう》短きに苦しみ、日高うして起く。此れより君王　早　朝《あさまつりごと》せず」（長恨歌）。

一二　お食事などもとんと召上らず。

一三　朝餉の間での簡略な食事。

一四　清涼殿昼の御座での正式のお食事。

一五　まるで見向こうともなさらないので。

一六　お給仕におつかえする人たちは。

一七　これは困った、とんでもないことだ。

一八　こうなるはずの前世からの約束ごと。

一九　多くの人々の非難。

二〇　この更衣のこととなると。

二一　ものごとの筋道。

二二　政務までお投げやりになるように。

二三　外国の例まで引合いに出して。

**19　若宮参内**

一　美しくご成長なさっているので。

二　（早死にせぬかと）こわいほどに。

三　皇太子。

四　兄皇子《みこ》をとび越えてこの若宮をと。

五　世間も承知しそうにもない。

＊1　（大成）思ほし

＊2　（大成）どナシ

と、言ひ合はせつつ嘆く。

「一八さるべき契《ちぎ》りこそはおはしましけめ」

「一九そこらの人のそしり・恨みをも憚《はばか》らせ給はず」

「二〇この御ことにふれたることをば、二一道理《だうり》をも失《うし》なはせ給ひ、今、はた、二二かく世の中のことをも、＊1思《おぼ》し捨てたるやうになりゆくは、いとたいだしきわざなり」

と、二三人の朝廷《みかど》の例《ためし》まで引き出で、ささめき嘆きけり。

19　月日経て、若宮参り給ひぬ。いとどこの世のものならず、一清らにおよすげ給へれば、いと＊2二ゆゆしう思したり。

明くる年の春、三坊定まり給ふにも、いと四引き越さまほしう思せど、御後《うしろ》見《み》すべき人もなく、また五世の承《う》け引くまじきことなれば、六なかなか危《あや》ふく思し憚《はばか》りて、七色にも出ださせ給はずなりぬるを、

「八さばかり思したれど、限りこそありけれ」

と、世の人も聞こえ、女御も御心落ちゐ給ひぬ。

六　かえって危いことだとご遠慮して。
七　お顔色にも出さずにすまされたので。
八　あれほどかわいがられたが、きまりというものがあったことだ。

**[20]　若宮の祖母北の方、死去**

一　せめて更衣のおられる所へなりとも。
二　願っておられたその願いがかなったのであろうか。
三　帝が祖母君の亡くなったのを。
四　（祖母君の死を）おわかりになって。
五　この世に若宮を残し申していくのが。

**[21]　若宮書始め、美貌と才能を誇る**

一　内裏でばかりお暮しになる。
二　天皇・皇子・皇族などが始めて漢籍を読む儀式。「御注孝経序」と読む。
三　またとないほど聡明で賢く。
四　こわいくらいにまで。
五　母君のいないことに免じてでもかわいがってください。
六　そのまま女御の廂の間の御簾《みす》の中に。
七　たとえ恐ろしい武士や仇敵でも。
八　この若宮を見ては思わずにっこりしてしまいそうなかわいいご様子ゆえ。
九　女御もほうってお置きにはなれない。
一〇　皇女たちお二方が。
＊1　（大成）にナシ

[20]　かの御祖母《おば》北の方、慰む方なく思し沈みて、「[一]おはすらむ所にだに尋ね行《ゆ》かむ」と、[二]願ひ給ひししるしにや、つひに亡せ給ひぬれば、また[三]これを悲しみ思すこと限りなし。皇子《みこ》六つになり給ふ年なれば、このたびは[四]思し知りて、恋ひ泣き給ふ。年ごろ馴《な》れむつび聞こえ給へるを、[五]見奉り置く悲しびをなむ、かへすがへす宣《のたま》ひける。

[21]　今は[一]内《うち》にのみさぶらひ給ふ。七つになり給へば、[二]書始《ふみはじ》めなどせさせ給ひて、[三]世に知らずさとう賢くおはすれば、あまりに[*1][四]恐ろしきまでご覧ず。「今は、誰《たれ》も誰もえ憎み給はじ。[五]母君なくてだにらうたうし給へ」とて、弘徽殿などにも渡らせ給ふ御供《とも》には、[六]やがて御簾《みす》の内に入れ奉り給ふ。[七]いみじき武士《もののふ》・仇敵《あたかたき》なりとも、[八]見てはうち笑《ゑ》まれぬべきさまのし給へれば、[九]えさし放ち給はず。[一〇]女御子《みこ》たち二《ふた》ところ、[一一]この御腹におはしませど、[一二]なずらひ給ふべきだにぞなかりける。[一三]御方々も隠れ給はず。今より[一四]なまめかしう恥づかしげにおはすれば、[一五]いとをかしううちとけぬ遊びぐさに誰《たれ》も

一一 弘徽殿の御腹から生まれておられる。
一二 若宮に肩を並べられそうなお方さえ。
一三 他のお妃たちもお隠れにならない。
一四 優美で、こちらが恥ずかしくなるくらい気高くていらっしゃるので。
一五 おもしろいが気づまりなお遊び相手。
一六 正式の学問、つまり漢学。
一七 宮中の人々を驚かし。
一八 大げさすぎて、反感をもたれそうな。

**22 高麗の相人**

一 高麗は朝鮮北部にあった高句麗。六六八年に滅亡後、その東北部に六九八年建国した渤海をも日本では高麗という。ここは渤海人をさすか。
二 すぐれた人相見。
三 宇多天皇の『寛平御遺戒』に、外国人と会う場合は、「簾中に在りて之を見よ。直対すべかず」とある。
四 外国使節を接待・宿泊させた官舎。七条朱雀にあった。
五 太政官の三等官。左右に分かれ大中少がある。庶務の上申・命令を担当。
六 天皇。国家の元首。
七 帝王という無上の位にのぼるはずの。
＊1 （大成）がナシ
＊2 （大成）奉るに

誰も思ひ聞こえ給へり。
[一六]わざとの御《おほん》学問はさるものにて、琴《こと》・笛の音《ね》にも[一七]雲居を響かし、すべて言ひつづけば、[一八]ことごとしう、うたてぞなりぬべき人の御さまなりける。

**22** そのころ、[一]高麗人《こまうど》の参れるが中に[＊1]、[二]かしこき相人《さうにん》ありけるを聞こし召して、宮の内《うち》に召さむことは、[三]宇多の帝《みかど》の御いましめあれば、いみじう忍びて、この皇子《みこ》を[四]鴻臚館《こうろくわん》に遣《つか》はしたり、御後見《みうしろみ》だちて仕うまつる、[五]右大弁の子のやうに思はせて、率《ゐ》て奉る[＊2]。
相人驚きて、あまたたび傾《かたぶ》き、あやしぶ。

相人「[六]国の親となりて、[七]帝王の上《かみ》なき位にのぼるべき相《さう》おはします人の、[八]そなたにて見れば、[九]乱れ憂《うれ》ふることやあらむ。[一〇]朝廷《おほやけ》のかたとなりて、天《あめ》の下を助《たす》くる方《かた》にて見れば、[一一]またその相違《たが》ふべし」

と、言ふ。

弁も、いと[一二]才《ざえ》かしこき博士《はかせ》にて、[一三]言ひ交《か》はしたることどもなむ、いと興《きよう》ありける。

[一四]文《ふみ》など作り交はして、今日・明日《あす》帰り去りなむとするに、「[二五]かくありがた
き人に対面したる喜び[*1]、[一六]かへりては悲しかるべき」[一七]心ばへを、おもしろく
作りたるに、御子《みこ》もいと[一八]あはれなる句を作り給へるを、限りなうめで奉り
て、いみじき贈物どもを捧《ささ》げ奉る。朝廷《おほやけ》よりも多く[*2]物賜《たま》はす。
[一九]おのづからこと広《ひろ》ごりて、漏《も》らさせ給はねど、[二〇]春宮《とうぐう》の祖父大臣《おほぢおとど》など、
「いかなることにか」と、思し疑ひてなむありける。
帝、[二一]かしこき御《み》心に、[二二]倭相《やまとさう》を仰《おほ》せて、[二三]思し寄りにける筋なれば、今まで
この君を[二四]親王《みこ》にもなさせ給はざりけるを、「[二五]相人はまことにかしこかりけ
り」と、思し合はせ[*3]て、「[二六]無品親王《むほんしんわう》[*4]の[二七]外戚《ぐわいせき》[*5]の寄せなきにては漂《ただよ》はさじ、[二八]わ
が御世もいと定めなきを。[二九]ただ人《うど》にて朝廷《おほやけ》の御後見《うしろみ》をするなむ、行《ゆ》く先も
頼もしげなること」と、思し定めて、いよいよ[三〇]道々《みちみち》の才《ざえ》を、習はさせ給ふ。
[三一]際《きは》ことにかしこくて、ただ人にはいとあたらしけれど、[三二]親王《みこ》となり給ひな
ば、世の疑ひ負ひ給ひぬべくものし給へば、[三三]宿曜《すくえう》のかしこき道の人に勘《かむが》へ
させ給ふにも、同じさまに申せば、[三四]源氏になし奉るべく思し掟《おき》てたり。

八　帝王になられるという方面から。
九　国が乱れ、人々が苦しむことが。
一〇　朝廷の柱石（摂関）となって、国政を補佐するという方から見ると。
一一　またそういう臣下の相とは見えない。
一二　漢学の才のすぐれた学者。
一三　その相人とやりとりした話題は。
一四　漢詩など互いに作り合って。
一五　世に得がたいほどに珍しい。
一六　それだけに（別れるのは）かえって。
一七　趣旨。
一八　感動的な詩句。
一九　自然とそのことが世間に広がって。
二〇　皇太子の祖父の右大臣。
二一　恐れ多くもご自分の判断で。
二二　日本流の観相をする人相見。
二三　すでにお考えになっていたことゆえ。
二四　親王宣下によって皇子は親王となる。
二五　あの高麗の相人は本当に賢明だった。
二六　位階のない親王。一～四品まである。
二七　外戚（母方の親戚）の後見もない不

*1　（河内本）喜びの
*2　（底本イ本）（大成）多くの
*3　（大成）合はせナシ
*4　（大成）むほんの
*5　（大成）げさく

安定な生涯は送らせない。
二八 自分の治世もいつまでのことか。
二九 臣下となって天皇の御補佐役を。
三〇 諸道の学問を。
三一 若宮は際立って賢明で、臣下とするにはまことに惜しいけれど。
三二 親王となられたら（皇位継承の可能性が生ずるので）。
三三 宿曜道（占星術）の達人に判断を。
三四 皇子を臣籍に下して源姓を授ける。

**23 先帝の四の宮入内、藤壺に居住**

一 桐壺の更衣の代りになりそうな后妃。
二 いくらか似ていると思われる程度の方さえめったにいないものだ、と。
三 先代の帝の四女である内親王。
四 評判が高くていらっしゃいます。
五 またとなく大切にしていらっしゃる。
六 帝にお仕えしている。
七 今もちらりと拝見して。
八 亡くなられた桐壺の更衣のお顔に。
九 先々代・先代・今上の三代にお仕えしていますが、お見つけできなかった。
一〇 桐壺の更衣に似たお姿に成人された。
＊1 （大成）をナシ
＊2 「御」大成で補う
＊3 「に」大成で補う

23

年月に添へて、御息所《みやすどころ》の御ことを思し忘るる折なし。「慰むや」と、さ[一]るべき人々を[＊1]参らせ給へど、「なずらひに[二]思さるるだに、いと難《かた》き世かな」と、疎《うと》ましうのみよろづに思しなりぬるに、先帝《せんだい》[三]の四《し》の宮の御容貌《かたち》すぐれ給へる[四]聞こえ高くおはします。母后《ははぎさき》[五]世になくかしづき聞こえ給ふを、上《うへ》[六]にさぶらふ典侍《ないしのすけ》は、先帝の御時の人にて、かの宮にも親しう参り馴《な》れたりければ、いはけなくおはしまし時より見奉り、[七]今もほの見奉りて、

「[八]亡せ給ひにし御息所の御容貌《かたち》に似給へる人を、三代《みよ》[九]の宮仕へに伝はりぬるに、え見奉りつけぬに、后《きさい》の宮《みや》の姫宮こそ、[一〇]いとよう覚えて生ひ出でさせ給へりけれ。[一一]ありがたき[＊2]御容貌人《かたちびと》になむ」

と、奏しけるに、「まことにや」と、御心とまりて、[一二]ねんごろに聞こえさせ給ひけり。母后、

「あな恐ろしや。春宮《とうぐう》の女御の[一三]いとさがなくて、桐壺の更衣の、[一四]あらはにはかなくもてなされに[＊3]し例《ためし》もゆゆしう」

と、[一五]思しつつみて、すがすがしうも思し立たざりけるほどに、后も亡《う》せ給ひぬ。

[一六]心細きさまにておはしますに、

帝「ただわが[一七]女御子《をんなみこ》たちと同じ列《つら》に思ひ聞こえむ」と、いとねんごろに聞こえさせ給ふ。[一八]さぶらふ人々・御後見《うしろみ》たち・御兄人《せうと》の兵部卿の親王《みこ》など、「かく心細くておはしまさむよりは、[一九]内裏《うち》住《ず》みせさせ給ひて、御心を慰むべく[*1]」、思しなりて、参らせ奉り給へり。[二〇]「藤壺」と、聞こゆ。

げに御容貌《かたち》・ありさま、あやしきまでぞ[二一]覚え給へる。[二二]これは人の御際《おほんきは》まさりて、思ひなしめでたし、[二三]人もえおとしめ聞こえ給はねば、[二四]うけばりて飽かぬことなし。[二五]かれは人も[*2]許し聞こえざりしに、御志あやにくなりしぞかし。[二六]思し紛《まぎ》る[*3]とはなけれど、おのづから御《み》心うつろひて、こよなく思し慰むやうなるも、[二七]あはれなるわざなりけり。

**24** 源氏の君は、[一]御あたり去り給はぬを、ましてしげく[二]渡らせ給ふ御方は、[三]え恥ぢあへ給はず。いづれの御方も、「われ人に劣らむ」と、[四]思《おぼ》いたるやはある。とりどりにいとめでたけれど、[五]うち大人び給へるに、[六]いと若ううつ

一一 めったにないご器量よしであられる。
一二 礼を尽して入内を申し入れなさった。
一三 ひどく意地悪で。
一四 露骨にいじめ抜かれた前例も、縁起でもない。
一五 ご用心なさって、すっきりと入内の決心をつけかねておられるうちに。
一六 取り残された四の宮が心細そうに。
一七 皇女たちと同列にかわいがり申そう。
一八 四の宮に仕える女房たち・お世話役たち・兄君の兵部卿の宮なども。兵部卿は兵部省の長官。
一九 宮中にお住みになって。
二〇 後宮五舎の一つ。飛香舎《ひぎょうしゃ》の別名。
二一 桐壺の更衣に似ていらっしゃる。
二二 藤壺はご身分も立ちまさって、皇女と思うせいか申しぶんなく。
二三 后妃方もあしざまには申せないので。
二四 だれ憚《はばか》ることもなく何の不足もない。
二五 桐壺の更衣は皆がお許し申さなかった上に、帝のご寵愛が生憎《あいにく》とあった。
二六 帝は悲しみが紛《まぎ》れるわけではないが。
二七 胸うつことであった。
＊1 （大成）べくなど
＊2 （大成）人の
＊3 （大成）紛るとは

## 24 源氏・藤壺の宮を慕う

一　帝のおそばをお離れにならないので（どの后妃とも親しくなられたが）。
二　しきりにお出向きなさる藤壺は。
三　そう恥ずかしがって姿を隠してばかりもいらっしゃれない。
四　思われていようか、いやいない。
五　どなたも年をとっておられるのに。
六　藤壺だけは若くかわいらしく。
七　お姿をちらりと拝見する。
八　その面影は少しもご記憶にないが。
九　年若い一途な心から。
一〇　ああご一緒できたらなあ。
一一　親しくお近づきし、お姿を拝したい。
一二　この二人と同じようにこの上なくご寵愛なさっているので、藤壺の宮に。
一三　源氏を疎々しくしては下さるな。
一四　あなたを故更衣と思いたい気がする。
一五　失礼だなんて思われずに。
一六　源氏をかわいがってあげて下さい。
一七　顔つき・目つきなどは、故更衣は源氏に似ていたから、（その源氏とあなたも似通っているのだから）あなたが生みの親のようにお見えになるのも。
＊1　（大成）も
＊2　（大成）奉る

くしげにて、せちに隠れ給へど、おのづから[七]漏り見奉る。

母御息所[*1]は、[八]影だに覚え給はぬを、

「いとよう似給へり」

と、典侍《ないしのすけ》の聞こえけるを、[九]若き御《み》心地に、「[一〇]いとあはれ」と思ひ聞こえ給ひて、「常に参らまほしう、[一一]なづさひ見奉らばや」と覚え給ふ。

上も、[一二]限りなき御思ひどちにて、
帝「[一三]な疎《うと》み給ひそ。あやしく[一四]よそへ聞こえつべき心地なむする。[一五]なめしと思さで、[一六]らうたうし給へ。[一七]つらつき・まみなどは、いとよう似たりしゆゑ、[一八]かよひて見え給ふも似げなからずなむ」

など、聞こえつけ給へれば、幼心地《をさなごころ》にも、はかなき花・紅葉につけても、[一九]志《こころざし》を見え奉り[*2]、こよなう心寄せ聞こえ給へれば、弘徽殿の女御、[二〇]またこの宮とも御仲そばそばしきゆゑ、[二一]うち添へて、もとよりの憎さも立ち出でて、[二二]ものしと思したり。

「世にたぐひなし」と見奉り給ひ、名高うおはする宮の御容貌にも、[二三]なほ匂はしさはたとへむ方なく、[二四]うつくしげなるを、世の人、

一八　不自然ではないでしょう。
一九　好意をお見せし、格別なつき申して。
二〇　藤壺の宮ともお仲が悪いゆえ。
二一　さらに加えて。
二二　いやなやつとお思いになる。
二三　源氏のお美しさはたとえようもなく。
二四　かわいくていらっしゃるので。
二五　輝くような美しい君。美男への讃辞。
二六　帝のご寵愛もそれぞれに厚いので。
二七　輝く太陽のような宮。美女への讃辞。

**25　源氏の成人式**

一　元服以前の姿。髪は角髪《みずら》。闕腋《けってき》（わきあき）の袍《ほう》・奴袴《ぬばかま》（指貫）を着用。
二　変えたくなく思われるが。
三　男子の成人式。髻《もとどり》を結い、冠をつけ、縫腋《ほうてき》の袍・表袴等を着用。
四　帝はご自分から頻りに世話をやいて。
五　きまり以上にあれこれと。
六　紫宸殿。
七　立派で評判だったのに劣らぬように。
八　式後に宜陽殿など諸所で賜わる祝宴。
九　中務省所属。宝物・用品等保管調達。
一〇　民部省所属。畿内の銭や諸国の上納米を収めておく蔵。
＊1　（大成）のナシ
＊2　（底本イ本）（大成）にて

「光る君[二五]」

と、聞こゆ。藤壺並《なら》び給ひて、御覚え[二六]もとりどりなれば、

「輝《かかや》[二七]く日の宮」

と、聞こゆ。

25　この君の御童姿《わらはすがた》[一]、いと変へ[二]まうく思せど、十二にて御元服し給ふ[三]。居《ゐ》[四]立《た》ち思しいとなみて、限り[五]あることにことを添へさせ給ふ。一年《ひととせ》の春宮《とうぐう》の御元服、南殿《なでん》[六]にてありし儀式の＊1、よそほしかりし[七]御響《ひび》きにおとさせ給はず。所[八]どころの饗《きやう》など、

「内蔵寮《くらづかさ》[九]・穀倉院《こくさうゐん》[一〇]など、公事《おほやけごと》[一一]に仕《つか》うまつれる、おろそかなる[一二]こともぞ」

と、とりわき仰せ言ありて、清《きよ》[一三]らを尽して仕うまつれり。

おはします[一四]殿《でん》の東《ひんがし》の廂《ひさし》、東向きに倚子《いし》立てて、冠者《くわんざ》[一五]の御座《ござ》・引入《ひきい》[一六]れの大臣《おとど》の御座、御前《ごぜん》にあり。申《さる》[一七]のときに＊2ぞ源氏参り給ふ。みづら結ひ給へるつらつき・顔の匂ひ[一八]、さま変へ[一九]給はむこと惜しげなり。大蔵卿《おほくらきやう》[二〇]蔵人仕うまつる。いと清《きよ》らなる御髪《おほんぐし》をそぐほど、心苦し[二一]げなるを、上《うへ》は、「御息所の

一一　きまりどおりに取り扱ったのでは。
一二　疎略なこともあろうぞ。
一三　善美を尽してお仕え申しあげた。
一四　帝のいらっしゃる清涼殿の東廂の間。
一五　元服をし冠をつける源氏。
一六　冠の中に髻《もとどり》を引き入れて、これを冠者にかぶせる役。ここでは左大臣。
一七　午後四時ごろ。
一八　顔の美しさ。
一九　この姿をお変えになるのはもったいないご様子である。
二〇　大蔵卿が理髪役をおつとめする。
二一　いたいたしそうなのを。
二二　じっとこらえて気を取りなおされる。
二三　元服式が終って。
二四　殿上の間の南の下侍《しもさぶらい》。
二五　ご装束を大人の服にお改めになって。
二六　清涼殿東庭でお礼の拝舞をなさる。
二七　当時のことを思い出し、再び悲しく。
二八　幼い年ごろでは。
二九　髪を上げたら美しさが見劣りせぬか。

26　**源氏、左大臣娘葵の上との婚儀成る**
一　北の方の皇女（桐壺帝妹）の生んだ。
二　東宮からもご所望があるのに。
*1　（大成）をナシ
*2　（大成）御ナシ

見ましかば……」と、思し出づるに、たへがたきを、[二二]心強く念じかへさせ給ふ。

[二三]かうぶりし給ひて、[二四]御休所《やすみどころ》にまかで給ひて、[二五]御衣《ぞ》奉りかへて、[二六]下《お》りて拝《はい》し奉り給ふさまに、皆人《みなひと》涙落とし給ふ。帝《みかど》、はたましてえ忍びあへ給はず。思しまぎるる折もありつるを*1、[二七]昔のこと、取り返し悲しく思さる。いとか[二八]うきびはなるほどは、[二九]「上《あ》げ劣《おと》りや」と、疑はしく思《おぼ》されつるを、あさましううつくしげさ添ひ給へり。

26　引き入れの大臣《おとど》の、[一]皇女腹《みこばら》に、ただ一人かしづき給ふ御むすめ、春宮《とうぐう》より[二]御《み》気色《けしき》あるを、[三]思しわづらふことありけるは、「この君に奉らむ」の[四]御《み》心なりけり。[五]内《うち》にも御気色賜らせ給ひければ、

帝「さらば、この折の*2[六]御後見《みうしろみ》なかめるを、[七]添《そ》ひ臥《ぶ》しにも」

と、催《もよほ》させ給ひければ、さ思したり。

侍《さぶら》ひに罷《まか》で給ひて、人々[八]大御酒《おほみき》など参るほど、親王《みこ》たちの御座《ざ》の末に、源氏着き給へり。[九]大臣《おとど》気色ばみ聞こえ給ふことあれど、[一〇]ものつつましき

三　ためらっていたのは。
四　おつもりなのであった。
五　帝にも御意をうかがわれたところ。
六　身辺の世話をする者がいないから。
七　添い寝役にでも。東宮・皇子らの元服の夜、公卿の娘を添い寝させること。
八　お祝いのお酒を召しあがっている時。
九　婚儀のことをほのめかされるが。
一〇　何かと恥ずかしがる年ごろなので、どうともご返事をなさらない。
一二　帝から内侍がおことばをうかがって、それを蔵人に伝えて。
一三　ご祝儀の品を帝付きの命婦が。
一四　大きく仕立てた袿（女性の重ね上衣）。
一五　表衣《うえのきぬ》・下襲《したがさね》・表袴《うえのはかま》の一揃い。
一六　幼い源氏に初元結を結んでやる時に、末長い縁を望む決心をも結びこめたか。
一七　後見依頼の気持をこめて注意を促す。
一八　深い心を結びこめた初元結の紫色があせず、源氏のお心も変らなければ…。
一九　清涼殿と紫宸殿をつなぐ廊。
二〇　感謝の気持をあらわす拝舞。再拝↓左右左立↓左右左居↓揖《ゆう》（おじぎ）↓立拝↓小揖（北山抄）など形式がある。
二一　馬は左右馬寮、鷹は蔵人所が管理。
二二　清涼殿東の簀子から庭におりる階段。

ほどにて、[一一]ともかくもあへしらひ聞こえ給はず。

[一二]お前《まへ》より、内侍、宣旨承《うけたまは》り伝へて、

宣旨「大臣、参り給ふべき」

召しあれば、参り給ふ。[一三]御禄《ろく》の物、上《うへ》の命婦取りて賜ふ。白き大[一四]袿《おほうちぎ》に御衣《おんぞ》[一五]一領《ひとくだり》、例のことなり。

御盃《さかづき》のついでに、

帝「[一六]いときなき初元結《はつもとゆ》ひに長き世をちぎる心は結びこめつや」

[一七]御心ありて、おどろかさせ給ふ。

左大臣「[一八]結びつる心も深き元結ひに濃き紫の色しあせずは」

と、奏して、[一九]長階《ながはし》より下《お》りて[二〇]舞踏《ぶたふ》し給ふ。[二一]左馬寮《ひだりのつかさ》の御馬《むま》・蔵人所《くらうどどころ》の鷹すゑて賜はり給ふ。[二二]御階《みはし》のもとに、親王《みこ》たち・上達部《かんだちめ》つらねて、[二三]禄ども品々《しなじな》に賜はり給ふ。

その日の御前《おまへ》の[二四]折櫃物《をりびつもの》・[二五]籠物《こもの》など、右大弁なむ承りて仕うまつらせける。[二六]屯食《とんじき》・禄の[二七]唐櫃《からびつ》どもなど、[二八]ところせきまで、春宮の御元服の折にも数まされり。[二九]なかなか限りもなくいかめしうなむ。

二三　身分に応じていただかれる。
二四　檜の薄板を折り曲げて作った箱に入れたご馳走。
二五　果物を籠に入れたもの。木の枝につけて献上する。
二六　強飯《こわい》（おこわ）を握り固めた物。
二七　六本脚のふた付きの中国風の箱。
二八　置ききれないほどで。
二九　この上もなく盛大であった。

**27　源氏、葵の上と結婚**

一　婚儀はめったにないほど立派にして、おもてなし申しあげられた。
二　幼い様子で来られたので。十二歳。
三　左大臣は恐しいほどかわいらしいと。
四　少し年上でいられるので。十六歳。
五　男君がずっとお若いから不似合いで。

**28　左大臣家の繁栄**

一　この左大臣への帝のご信任は抜群で。
二　女君の母宮は帝と同じ后腹の妹君で。
三　父方母方いずれも華麗な家柄の上に。
四　源氏の君まで婿として加われたから。
五　いずれは政権をとられるはずの。
六　問題にもならぬほど圧倒された。
七　何人かの夫人たちにいらっしゃる。
＊1　（大成）いとはなやかなるに
＊2　（大成）あはせ給へり

27　その夜、大臣の御里に、源氏の君罷《まか》でさせ給ふ。作法世にめづらしきまで、もてかしづき聞こえ給へり。いときびはにておはしたるを、ゆゆしう、うつくしと思ひ聞こえ給へり。女君は少し過ぐし給へるほどに、いと若うおはすれば、「似げなく、はづかし」と思《おぼ》いたり。

28　この大臣《おとど》の御覚《おぼ》えいとやんごとなきに、母宮、内《うち》の一つ后腹《きさいばら》になむおはしければ、いづ方《かた》につけても、ものあざやかなるに、＊1この君さへかくおはし添ひぬれば、春宮《とうぐう》の御祖父《おほぢ》にて、つひに世の中を知り給ふべき右の大臣《おとど》の御勢《いきほ》ひは、ものにもあらずおされ給へり。御子《みこ》どもあまた腹々《はらばら》にものし給ふ。

宮の御腹には、蔵人の少将にて、いと若うをかしきを、右の大臣の、御仲はいとよからねど、え見過ぐし給はで、かしづき給ふ四の君にあはせ奉り、＊2劣らずもてかしづきたるは、あらまほしき御あはひどもになむ。

29　源氏の君は、上《うへ》の常に召しまつはせば、心やすく里住みもえし給はず。

八　女君の母宮のお生みした男の子は。
九　近衛少将で五位の蔵人を兼任。
一〇　右大臣は左大臣と仲良くはないが。
一一　少将を放ってお置きにはなれず。
一二　だいじに養育している四女に当る方。
一三　源氏を大切にする左大臣家に劣らず、少将を大切になさっているのは。
一四　どちらも理想的な婿舅のお間柄だ。

**29　源氏、藤壺の宮を思慕する**

一　おそばにお置きになるので。
二　気軽に私邸でお住まいになることも。
三　世にもまれな美しい方。
四　藤壺のような方とぜひ結婚したい。
五　似る人もないほど美しいお方よ。
六　左大臣家の姫君（葵の上）は。
七　どうも好きになれない。
八　幼な心の一途に思いつめては。
九　元服ののちは、以前のように。
一〇　（藤壺ら后妃のいる）廂の間にも。
一一　音楽の催しの折々に、藤壺は琴を、源氏は笛を合奏して、心を通わせ。

＊1　（大成）似る人なくも
＊2　（大成）心ひとつに
＊3　（大成）聞こえかよひ
＊4　（大成）思しなして
＊5　（大成）なりけるを

心の中《うち》には、ただ藤壺の御ありさまを、「類《たぐ》[三]ひなし」と思ひ聞こえて、「[四]さやうならむ人をこそ見め。[五]似るもの[＊1]なくもおはしけるかな」、「[六]大殿《おほいどの》の君、いとをかしげに、かしづかれたる人」とは見ゆれど、[七]心にもつかず覚え給ひて、[八]幼《をさな》きほどの御ひとへ[＊2]心にかかりて、いと苦しきまでぞおはしける。

[九]大人になり給ひてのちは、ありしやうに[一〇]御簾《みす》の内にも入れ給はず。[一一]御《み》遊びの折々、琴《こと》・笛の音《ね》に聞きかよひ[＊3]、ほのかなる御声を慰めにて、[一二]内裏《うち》住みのみ好ましう覚え給ふ。[一三]五六日《いつかむゆか》さぶらひ給ひて、大殿に二三日《ふつかみか》など、絶え絶えに罷《まか》で給へど、ただ今は、[一四]幼き御ほどに、罪なく思して[＊4]、いとなみかしづき聞こえ給ふ。[一五]御方々《かたがた》の人々、世の中に[一六]おしなべたらぬを選りととのへすぐりて、さぶらはせ給ふ。御心につくべき御遊びをし、[一七]あふなあふな思しいたづく。

[一八]内《うち》には、もとの淑景舎《しげいさ》を御曹司《ざうし》にて、[一九]母御息所《みやすんどころ》の御方々の人々、罷《まか》で散らずさぶらはせ給ふ。[二〇]里の殿は、[二一]修理職《すりしき》・[二二]内匠寮《たくみづかさ》に宣旨下《くだ》りて、二なう改め作らせ給ふ。もとの木立《こだち》・[二三]山のたたずまひ、おもしろき所なるを[＊5]、[二四]池の心広くしなして、めでたく作《つく》りののしる。[二五]「かかる所に、思ふやうならむ人

をするゐて住まばや」とのみ、嘆かしう思しわたる。

「[二六]光る君といふ名は、高麗人《こまうど》のめで聞こえて、つけ奉りける」とぞ、[二七]言ひ伝へたるとなむ。

一二 宮中での生活ばかりを。

一三 五六日宮中においでになって。

一四 まだ幼いお年ごろだからと、左大臣は大目に見られて、種々大切にされる。

一五 源氏方・姫君方の女房たちも。

一六 人並み以上の者を選りすぐって。

一七 精いっぱいねんごろにお世話なさる。

一八 宮中では、もとの母君の桐壺を、源氏のお部屋として。

一九 母御息所にお仕えした女房を、散りぢりにならぬように引き続き仕えさせ。

二〇 実家の建物。故母君居住の二条院。

二一 内裏の造営・修理を司る役所。

二二 中務省所属。工匠を司り、調度の製作・装飾などに当った。

二三 築山の姿。

二四 池の風情を、広く作りなおして。

二五 自分の心にかなう人を迎えて。

二六 24注二五参照。前者は「人々」が言い、今回は「高麗人」がほめて言ったという。源氏の美貌を強調している。

二七 言い伝えているとのことである。光る源氏の物語が作者の創作ではなく、事実として伝えられて来たと主張する。

# 源氏物語人物系図

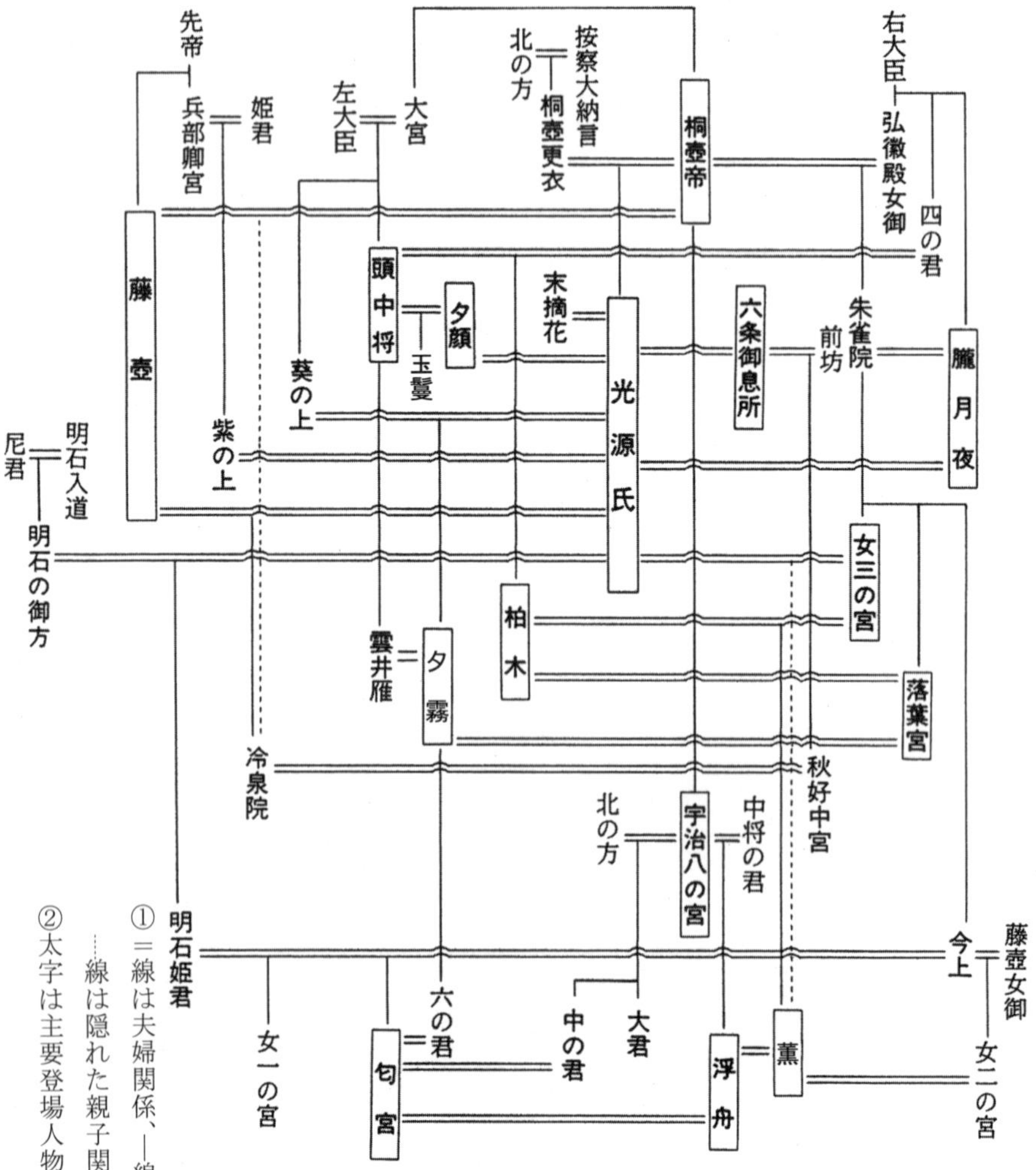


①＝線は夫婦関係、─線は親子関係、
┈線は隠れた親子関係を示す。
②太字は主要登場人物を示す。

## 著者略歴

**増淵勝一**（ますぶち　かついち）

1939年　東京都墨田区に生まれる
現　在　古典研究誌「並木の里」主宰
　　　　横須賀市生涯学習センター講師
　　　　読売・日本テレビ文化センター（横浜・川崎）講師
　　　　湘南リビング新聞社文学講座講師
　　　　藤沢産業センター文化講座講師
著　書　『いほぬし本文及索引』（'71.4，白帝社）
　　　　『北条九代記　原本現代語訳』３冊（'79.9，教育社）
　　　　『平安朝文学成立の研究　散文編』（'82.4，笠間書院）
　　　　『日本文学原典抄』共編（'90.3，国研出版）
　　　　『平安朝文学成立の研究　韻文編』（'91.4，国研出版）
　　　　『頻出源氏物語』（'92.6，開拓社）
　　　　『紫式部日記傍註』（'92.10，国研出版）
　　　　『紫清照林——古典才人考——』（'95.11，国研出版）
　　　　『日本文学原典抄　第二版』共編（'97.4，国研出版）
　　　　『柳沢吉保側室の日記　松蔭日記』（'99.2，国研出版）
　　　　『いほぬし精講』（'02.3，国研出版）


**平成簡注 源氏物語　①桐壺**

**定価（本体700円＋税）**
2011年4月20日　初版発行

著　者　増淵勝一
発行者　瑞原郁子
発行元　国研出版　〒301-0044　龍ヶ崎市小柴2-1-3，6-204
　　　　TEL・FAX　0297(65)1899
　　　　振替口座　00110-3-118259
発売元　株式会社 星雲社　〒112-0012　東京都文京区大塚3-21-10
　　　　電話　03(3947)1021
印刷所
製本所　壮光舎印刷 株式会社

ISBN978-4-434-15574-1 C3393 ¥700E　Printed in Japan

〈メモ〉

〈メモ〉

〈メモ〉